詩集

風の空へ飛んだ

ひとはなお

土曜美術社出版販売

詩集　風の空へ飛んだ＊目次

カバー写真／著者

詩集

風の空へ飛んだ

I

夏空

とおい夏の日
ひとりで
どろ遊びをした

どろは
まんじゅうになり
うさぎになり
へびになり

わたしは
おさなごを抱く女になり
うさぎの笑う月になり
へびのかける草むらになった

遊んで　遊んで
どろんこになり
腕をあらった

しずくが足元に落ち
たちまち　水たまりになって
ひろがった

映ったわたしは

たかく青い
空であった

この街で

右手に父の手
左手に母の手をにぎり
ときどき
ブランコをしながら
歩いた

夕暮れがせまれば
街の灯りが
ひとつずつ

ともって
二人の会話が
わたしの
スカートに
まとわりつく

貯水池には
月見草が咲いて
月が語ることばが
わたしにも
聞こえた

それ

ちいさなころ
毎朝　蒸気機関車に
乗った

駅で父に手を引かれて
降りる
それから
蒸気機関車の前の
線路を横切って

保育園に向かう

真っ黒な
それの前を横切るとき
耳をつんざく声で
かならず
吠えるそれ

恐ろしくて
転びそうになりながら
目も耳も
塞ぐように
父にしがみついて
線路を渡った

怪物のように見えた　それ
父の手の
ぬくもりとともに
わたしのなかで
吠えている

それ

冬空に立つあの樹に

冬空に立つあの樹に
のぼりたい

灰色の朝も
風花の昼も
沈黙の夜も
裸の小枝を
無数にひろげて

笑う少女のような
立ち上がる少年のような
考える女のような
空を待つ人のような

あの樹に
わたしは　のぼりたい

夕べ
鳥がくる
ゆれる頭が
とじた羽が

木の実のように

枝にとまり
そうして　空へ
弧を描いて
ゆく

朝靄

朝靄が
春を告げる

夜のあいだ眠っていた冷気は
陽に照らされて
いっせいに放たれ
朝陽を浴びて
満ちていく

ときめきにも似た　それは
陽が
中天に昇るまえに
消えるのだが

それが
高みへと向かう
春の宿命

　新しい季節の予感に
　鳥がにぎやかに
　羽ばたいた

友

ひとしきり
声をあげて　笑って

商店街で素敵なスカートを見つけた　と
友は　バッグを手に街へ

窓から見下ろせば
街路樹の足元には
花が咲いて

窓ガラス越しに
太陽が笑っていた

花は
ひかりをもとめ
ひかりは
花をさがす

人は花にも似て
輝きをもとめて
生きるものだ

わたしに
ひかりを降らせる

あの部屋の
窓越しの友よ

いまも
ひかりに向かって
歩いているか

空を仰いで
笑っているか

デルタの町

デルタの町の川沿いを
自転車で走った

今朝は　本読みながら自転車こいで
行き過ぎたの　って
講義に遅れたたわいない友のはなしに
笑いころげた
夾竹桃の咲く道

あれから　わたしたちは
別々の川を行った

わたしの川には
夏が終わると
光るすすきが
あたらしい季節に向かって
旅立ったが

友の川には　いつも
夏のアザミが
繁っていたらしい

夫とともに住んだ

ラテンアメリカの国では
言葉に不自由な
孤独な生活であったと聞いた

帰国して
穏やかな日々であろうか
川沿いには今も　あの
あかい夾竹桃は
笑っているだろうか

桜

桜が咲くと
夜は　にわかに冷たく
あおぐらくなる
ただ　春という
甘やいだ空気が
花にまとわり
樹のあたりを
すこし照らすのだ

いまや星の瞬きなく
都会の雑踏の音なく
家々の気配なく
恋人たちの
睦みあうささやきは　ない

風の音さえ
すでになく
いきものの気配のない　夜に
人々は桜のしたに
輪をつくり
花あかりに　顔を
白く照らされて
宴をひらく

今を盛りのそれか
あるいは
終焉の

恐怖とも
快楽とも
つかぬ匂いが
ひとびとの顔に
ただよい

それから夜は
まっしぐらに
落ちていく

Ⅱ

おやすみ

空を　のこして
陽が沈む

鳥が　ちいさく
声をのこして
魚が　ちゃぽん
水音のこして
飛行機雲が
光　のこして

わたしは　しょぼん
失意　のこして
猫は　くるくる
しっぽをまるめて

みいんな
ちょっぴり　心をのこし
布団にくるまり
ねむるんだ

鳥は家に帰ってしまった
空は真っ赤にやけた
追いかけるわけにも　いかず
泣くわけにも　いかず

ただ　眼を凝らして
　鳥のいった方角を見ている

夕暮れは　光をのこして
飛行機は　雲をのこして
電線は　影をのこして
鳥は　ちいさな声をのこして

わたしは　明日に
きょうをのこして

待って

わたしは　ここで
休んでいくわ

お花もあるし
水もある
風がくれば
草の葉　揺れて
空のあおも
際立つわ

さっき　つけてしまった
蜘蛛の糸が
キラリと光って
わたしの羽　とても
綺麗だけれど
でも
重いの

ここで　すこし
休ませて

三月には夕暮れがない

風は南から吹き上げ
屋根の上で
空へと舞い上がる

雨は光の粒をばらまき
池の面が　ざわついて
眠れない

心をころがす

ある予感

地蔵さんの
はためく前掛けの
あか
まぶしく
空は　はがれて
はたはたと鳴る

子供らの　けんけんぱの声が
夕暮れを　踏み越えてゆく

川はいつも

夕枯れの川沿いを
歩いた
ただ川面が
雲間から降りてくる陽に
鈍く光っている
わたしは
ふるさとの川を思い出していた

母に手を引かれ

精霊を流した夕べ
学校へ通う橋の上で
風に押された自転車

故郷を離れてからの
久しい日々　川はいつも
わたしのなかを
流れた

豪雨のときは濁流となった
日照りのときは
そのゆたかさに安堵した

夏の日

少年の命を
飲み込んだ

少年を探して
夏草のしげる河原を
丈たかい草をなぎながら
わたしは歩いた
巨大な入道雲が
空にはあって
いつ夕立になるとも
しれなかった

前日に見た十三歳の少年の
ひかる笑顔を

二度とは見ることはなく
枠の中の生の姿を
葬儀で見ただけだ

川はいつも
わたしのなかを
流れた

生も死も
すべてを包含し
天をあつめ

ときに輝き
ときに濁流となって

八月のいちばん明るい日に

ふとんを抱きあげ　えいっと
背伸びして　物干しに
投げかけた
ふとんの上で
おひさまが輝いて
わたしは一瞬　目が眩み
それから
ひなたの匂いに
ふとんが萌えだすことをおもった

その日　おなかの中で
おひさまの栓は　抜けた
重いふとんを
持ちあげたからか
あなたが　ぽんと
内側から蹴って
出てくる合図を
送ったからか

おひさまの水は
溢れだし　溢れだし
わたしのおなかは　痛んで
草いきれのぼる　真昼

積乱雲の下
あなたは　呼吸した

　窓のない暗い箱の中で
　今　息苦しく
　出口をさがす　あなた

八月のいちばん明るい日に
生まれた人よ
あの日のように
蹴ってみてよ
渾身の力で
生まれてきてよ

そして
どうか　ひとつ
明日また
ひとつ　と
花を　つけて

明け方の夢

「先に行くよ　なおちゃん」　と
たしか　祖母は言った

乗り換えなければならないことに
気づいて
わたしはあわてて荷物を整理した
ホームに駆け下りたときには　もう
祖母と電車は行ってしまっていたのに
わたしは祖母との旅を

続けたかった

夢のなかの祖母は
まだ五十代で　りんとしていた

子供のころ
わたしの手を引いて
どこにでも連れて行ってくれた
かたくて温かい
あの　てのひら
振り返った
大きな黒い眼

祖母が逝って 二週間目の

明け方の夢

おおきな病を得ることもなく
祖母は生きて　老いた

三年前
「私が死んだら留袖の
長襦袢を着せてな」と
母に言い置いた

死に別れた祖父に
遠い日嫁いだ衣装であった

極寒のシベリアから

腫れ上がった脚を
引きずり帰って来た祖父は
祖母に再会して　力尽きたか
回復せず　死んだ

一人娘の母は
祖母の手で育ち
わたしが生まれた
食事も裁縫も子育ても
仕事に追われる母に代わって
祖母がすべてこなした

夫に過酷な
労働を強いたソ連を憎み

夫が生きた証をよりどころに
生きた

祖母の望んだ長襦袢は
もう黄ばんでいた
若かったころ
祖父の側で着たはずだと言って　母は
長襦袢の上に　藤色の小紋を着せた
「これなら向こうで会うても
おじいちゃん　気づくと思うよ」　と

半世紀以上も後の電車で
ほんとうに祖父のところに
たどり着けるのだろうか

この地の大河は今日も
陽をはらんで
流れてゆく
夕陽に沈んで
なお　ひかり
夜の底で
大地を湿らせている

家のそばでは
六月の葵が
濃い桃色　薄い桃色の
花をつけて
命の色を放っている

わたしの背中を太陽は照らす

実家の近くの氏神さんは
昔とかわらずひっそりと
石段を登るわたしを
見守ってくれる

境内に入ると　ちらほらと
詣でる人がやってきた
わたしがここを
離れてひさしく

見たこともない顔ばかり

みんなぐるりと社を巡り
こどもは　ちいさな手を合わせ
妊婦さんは　大きなおなかに両手を添えるように
おばあさんは　杖にもたれるように

　　こうやって
　　人は繰りかえし
　　いのりながら
　　生きていく

お参りをすませて
石段を降りれば

かわらぬ川が
そこには流れ

立ち止まる日も　進む日も
わたしの背中を
太陽は照らす

Ⅲ

バスに乗って

母とバスに乗って
秋から冬へと
街角を曲がる

自転車を売る店の前に
青年が立って
並んだ中から選んでいる

店の角には

侵入禁止の
赤い標識
せまい路地が見える

もうひとつ角を曲がると
大銀杏の並木が
あらわれた
道に散り敷く
銀杏の葉が
日暮れの街を照らしている

ビルだらけのこの街で
ここだけが鳥の寝ぐら
夕暮れが近づいた空を

鳥が　忙しく行き来し
人々は
夜に向かう街で
銀杏に顔を照らされて歩く

母とバスに乗ったのは
何年ぶりだろう
子どものころには
母に手を引かれた
今は　わたしが
母に頼られるようになった

つぎの角を曲がるころには
もう陽は落ちているだろうか

それでも　まだ空は
残照に照らされて
すこし華やいで
いるはずだ

庭にはしろい花が咲いて

庭にはしろい花が咲いて
いつのまにか
茂った樹のうえに
青空が
広がっている
また夏がくる

父も母も　みなで
見あげる夏空は

あと何度あるだろう

幼かった弟が
ちいさな蛇のしっぽをもって
家に駆け込んできた
夏の日

驚いた母とわたしは
父を呼んで
弟と蛇を　庭に連れ出した

わたしは母の後ろで
蛇のしっぽが
くねりながら

花の茂みに
逃げ込むのを見ていた

ことしもまた
庭には
しろい花が咲いて

陽の影が
濃くなっていく

晩秋

踏みいれば
山は
なつかしい色で
わたしを迎える

子どものころの
母のハンドバッグの色
飴色の玉が入っていて
覗きたくて

仕方なかった

叱るように
わたしをいざなった
父の辞典の
いたんだ表紙

山は
あのころの
あたたかな匂いと色で
わたしを迎える

今はもう

母のバッグを覗こうとは思わなくなり
父の辞典は
わたしの道しるべではなくなった

午後の光を浴びて
かがやいて
やがて　山は
闇に入る

庭のタイサンボク

父と母と祖母と
四人で暮らしていたころ
庭にはタイサンボクが
白い花をつけて
空に向かって
かたい夢を
咲かせていた

まりという名の

子犬が　いつも
ちいさなわたしのまわりをついて来て
やわらかな茶色いしっぽで
ふさふさと
わたしの顔を
撫でたりした

まりと祖母とわたしと写った
写真は　今も残っているが
まりも祖母も
逝ってしまった

わたしは生きて
ふと気づけば

庭には　もう
タイサンボクがない
いつのころ　なくなったのか
生きるのに
いっしょうけんめいで
気づかなかった

父も母も
年をとった
タイサンボクのようだった
ふたり

子守唄を歌った

子守唄を歌った
母といっしょに
歌った

高熱の父が
かすかに目を開け
もの言えぬ口が
なおちゃんと
かすかに動いた

解熱剤が効いて
やがて荒い息は落ち着き
眠りに落ちる

ねんねんころりよ
おころりよ
坊やはよい子だ
ねんねしな

少女のころ
夜の物音が怖くて
父を呼んだ日

父の好きな虫取りに
家族で山に出かけた夏
進路で対立して
父から逃げた
わたしの頑固さに
父が折れた

坊やのお守は
どこへ行た
あの山越えて
里へ行た

里の土産に
なにもろた

でんでん太鼓に
しょうの笛

ひとはみな
土産をもらうのだろうか
生きて父はなにを
もらったのだろう

起き上がり小法師に
振り鼓
たたいてやるから
ねんねしな

父の目から涙が溢れる

――死んだ父に――

もの言えぬ父が
わたしを見つめ
その目がしらに
涙が溢れ
頬をつたう

なにも辛いことはないよ
お父さん

泣かなくていいよ
お父さん

父の額をなでながら

なぜ
父は泣くのか
その涙のもとをたどり
その人生をたどり

生きるということの残酷に
たどりつく

もくれん

散りそめたもくれんの
朽ちていく　すがた
あわれ

ひかり　萌え
花ばなの色　萌えだした三月
ひんやり湿った土の上で
咲くかのようにすこしずつ
かたちを　かえて

縮んでいく
陽よふれ
風よふれ

この世の
うつくしきもの
すべてふれ

散り敷いていく
このはなに

父はどこへ行った

父はどこへ行った

繊細で
頑固で
やさしかった父は
どこへ行った

十七歳で詩を志し
志し続けた父は

どこへ行った
昆虫が好きで
蝶が好きで
その夏を待たずして
どこへ行った

空には
陽があり
父のいた
場所がある

雲はわき
川はそれを写し

父の息吹は
ここにあるのに

どこへ行った

火葬場の
扉のまえ
それが　開く寸前に
くろい影のように
蝶がきた

ひらひらと
細かなひかりの鱗粉を
棺のまわりに散らして

あっというまに
天井にのぼった

大理石のその部屋の
屈折した闇のあたりまで
探してみるが

蝶はどこにもいない

夏の影

あかい実かと思った
おちた葉だ
色づいて
陽を地に刻む

鳥がきて
落としていった
雨がきて
散らしていった

とおくで
少年の声がする
水浴びをしているらしい

空は焼けて蒼く
声は一瞬のうちに
空に向かって気化していく

声が戻ってくることはない
少年は声をもたぬまま　生きるのだ

木染月*の
陽は中天

*　木染月《こそめづき》　旧暦八月の異称

Ⅳ

枯れ枝に咲いたよ　月が

葉はすでに落ちて
迎えるのは
冬ばかりという日

枯れ枝に
咲いたよ　月が
見上げれば
かがやいて
生きてきたわたしを

見つめている

よきこと　悪しきこと
ただしきこと　迷いごと
すべて過ぎたと
思った日

こんなにもあかるく
わたしを照らして

花に命があるように

ふりあおいだ夕空に
しろい月がかかったら
だれだって
ほら　お月さま
っていうけれど

知らないよね
花に命があるように
月に命があるなんて

生まれかわるたび
うすい衣を　ひとひら脱いで
月は　ますます透明になる
そうして
その無垢の目で
わたしたちを見つめてるんだ

　甲斐のあることも
　ないことも　それは
　宇宙の摂理

月が衣を脱ぐように
ひとひら

ひとひら
衣を脱いで
花びらちらす花のように
かざりもなく
ただ　生きていたい

風の空へ

風の空へ飛んだ
花も　雲も　愛も
いっしょに飛んだ

風がやんで
ちいさな　水たまりに
落ちた

花びらは
すでに散って　もう

花は　花でなく

ちぎれ飛んで　もう
雲は　雲でなく

嵐のように生きて　もう
愛は　愛でなく

わたしの眉間は
阿修羅のよう

ただ　水たまりが
しずかな空を
浮かべている

つぼみ

風がきて
梅の香か　と
顔をあげた
まだ春浅く　あたりに花はない

それならば
人の世のねがいか

枝にむすぶ願いごとが

つぼみのように
膨らんで
こぼれるように
香ったか

あとがき

英語教師として生きていく私の隣には、いつも英語がありました。あっけらかんと直接的な、はっきりと意思を主張する傾向のあるその言語の特質に、大なり小なり私は、影響を受けたかもしれないと思います。

しかし、日本語は私にとって、格別な言葉です。母語であることはもちろんですが、日本語には日本語でしか表現できない性質の美しいリズムがあります。それは日本の詩歌の源流である和歌に代表されるものなのですが、和歌を忠実に英訳したからといって、リズムの性質の隔たりゆえ、あるいは感性の違いゆえ、その美しさまで醸すことはできません。

世界が英語という言語を窓口に、一元的に繋がっていく傾向の現代ではありますが、言葉は民族の誇りです。言葉は民族の感性であり、民族そのものだからです。そして日本の詩歌は、その豊かさを表現することができる最たるものだと思うのです。

詩歌は日本語のゆかしさと美を伝えていくという使命を担っています。現代詩もまた、脈々と受け継がれてきた日本の詩歌の新生として、その命を引き継ぎ、育てていかなければならないと感じています。

四季に恵まれたこの国で、自然を敬い恭順しながら、自然とともに生きてきた日本人は、自然を呼吸するように詩を書くことができるとも感じています。それは、農耕民族であった日本人の自然観であり、自然を支配しようと対峙するといわれる西欧人の自然観とは大きく隔たるところです。私は日本人しての感性のままに、日本語の美しさを内包する詩を書いていきたいと願っています。

終わりになりましたが、髙木祐子社主をはじめ、土曜美術社出版販売のみなさまにご親切なご配慮をいただき出版できましたことを、心よりお礼申し上げます。

二〇二一年十一月六日

ひとは なお

著者略歴

ひとはなお（人羽南鳳）

1956年11月7日生まれ

所属　旧「地球」

詩集　1996年『鳥の声が　わきあがるのは』（私家版）

現住所　〒700-0164　岡山県岡山市北区撫川1438-3　矢部方

詩集　風《かぜ》の空《そら》へ飛《と》んだ

発行　二〇二一年十二月十日

著者　ひとはなお
装丁　直井和夫
発行者　高木祐子
発行所　土曜美術社出版販売
〒162-0813　東京都新宿区東五軒町三―一〇
電話　〇三―五二二九―〇七三〇
FAX　〇三―五二二九―〇七三二
振替　〇〇一六〇―九―七五六九〇九

印刷・製本　モリモト印刷

ISBN978-4-8120-2663-2　C0092